María Olvid

Raquel Díaz Reguera

Evangelina Prieto López

thule

A mi familia; por ser, por estar.
Gracias a Raquel Díaz Reguera por convocar a mi
niña interna con sus letras dulces y traviesas.

E. P. L.

Gracias a Evangelina Prieto por vestir mis palabras
con sus lápices mágicos.
A mi hijo Pablo y a sus olvidos, que sumados a los
míos, hacen que nuestra casa parezca hechizada
por el encantamiento de «cualquier cosa puede
estar en cualquier sitio».

R. D. R.

La pequeña **Olvido** en realidad se llamaba María, pero como tenía la costumbre de olvidarse de casi cualquier cosa, todos comenzaron a llamarla María Olvido.

—María Olvido, ¿te acordaste de cerrar la puerta?
—María Olvido, ¿te acordaste de ponerte el jersey?
—María Olvido, María Olvido, María Olvido...

Y al final, un buen día, todos terminaron olvidando que se llamaba María... y sólo se acordaron de llamarla **Olvido**.

Olvido era capaz de olvidar cualquier cosa en cualquier sitio.

Olvidaba el camisón dentro de la despensa, las zapatillas sobre la almohada, el cepillo de desenredar su cabello en la nevera, los tenedores en la bañera, las pinzas de la ropa en el fregadero...

y olvidaba y olvidaba y olvidaba...

Su padre, que tenía la costumbre de acordarse de todo lo que su hija olvidaba, siempre andaba detrás de ella para recordarle mil y una cosas. Pero una tarde, que no tenía más remedio que salir de casa a hacer algunos recados de los que tienen que hacer los padres cuando salen de casa, decidió que había llegado el momento de confiar en Olvido por primera vez.

Para atreverse a dejar sola a su hija, lo mejor sería apuntar en un papel, con unas letras **muy grandes**, todo lo que Olvido debía recordar mientras él estaba fuera. Y así lo hizo.

Olvido leyó todas las tareas, una por una y varias veces, en voz alta, ante los ojos de su padre.

Dar De comeR al gaTo SamUeL

ReGar las flores silvestres DEl balcón

cerrar los grifos De La bañera

Guardar mis Juguetes en el baúL

PonerME el pijama del derecho

CaleNtar La SoPa

dAR lAs BueNas Noches a la luNA

ApuGar lAS luces cuando me VAya

A DOrMir

Cuando su padre creyó que Olvido sería capaz de no olvidarse de nada, le dio un beso grande y sonoro a su hija y se fue, eso sí, un poco preocupado, pensando en lo que podría encontrarse al regresar.

Y ¿qué pasó? Pues que un minuto después de que él saliera por la puerta, Olvido ya no recordaba dónde había dejado el dichoso papel en que estaban anotadas sus tareas.

Así que cerró los ojos y trató de recordar una por una
todas las cosas que su padre había dejado escritas:

Dar De comer a las flores silvestres DEL Balcón
Regar al gato Samuel
Guardar mis juguetes en La bañera
cerrar La Sopa
Poner mi PIjama en el Baúl
Calentar los grifos
DAR LAs Buenas Noches a LAS luces... y...

¿Qué es lo que tenía que apagar?

¿La luna?

¿Cómo voy a apagar la luna?

Cuando el padre de Olvido regresó a casa,
no podía creer lo que veían sus ojos.
El gato Samuel, empapado de agua de
regadera, trataba de cazar las abejas que
revoloteaban alrededor de las flores de
lavanda que le habían crecido en los bigotes.

En el balcón, las margaritas devoraban galletas de mantequilla y los tulipanes se zampaban unos rollitos primavera, mientras la enredadera trepaba por la pared del salón para alcanzar un plato de sopa fría olvidado sobre una estantería.

En la bañera, un oso de lana dormía abrazado a un perro de trapo y un tren de cuerda, cargado de muñequitos de hojalata, recorría la orilla esparciendo nubes de jabón, buscando una estación para que se bajaran sus pasajeros.

Y el pijama de Olvido descansaba en el fondo del baúl de los juguetes mientras ella dormía desnuda sobre la cama, tranquilamente, como un lirón.

El padre de Olvido estuvo a punto de despertarla enfadadísimo, pero en vez de eso, arropó a su hija bajo las sábanas y apagó la luz.

El día siguiente amaneció y **Olvido** se extrañó al abrir los ojos.

El reloj marcaba las diez y diez, así que no podría llegar al cole.

De la cocina llegaba un olor horrible a plástico tostado, de la bañera rebosaba una catarata de agua caliente que formaba olas en el pasillo...

Olvido se levantó de un salto y corrió a buscar a su padre, que estaba tranquilamente en el salón, comiéndose una suela de zapato humeante untada de mahonesa, mientras leía un periódico del revés.

El canario Piolo tomaba el sol tumbado sobre
una colchoneta dentro de la pecera, el pez globo
comía pipas en la taza de café y el gato Samuel
dormitaba en el sofá con sus bigotes de lavanda,
agotado de cazar abejas.

~Pero ¡papá! ~gritó Olvido~. Es tardísimo.
¡Hace rato que empezó el día y no llego al cole!
~¡Ahhh! ~contestó su padre~. Debe de ser que
se me olvidó despertarte.
~Pero ¡papá! No ves que eso no son tostadas.
¡No se tuestan los zapatos! ¡Te estás comiendo
mis botines!
~¡Ahhh! ¿En serio? ~contestó su padre~. Debe
de ser que también se me olvidó.

~Pero ¡papá! El agua me llega a los tobillos. ¿No cerraste los grifos?
¡Se está inundado la casa!

~¡Ahhh! ¡Qué descuido! Pues es verdad ~dijo sin levantar la vista del
periódico~. Es que se me olvidó, se me olvidó, se me olvidó...

~Pero ¡papá! Si no estàs leyendo, ¿no ves que el periódico no está al
derecho? ¿Cómo se te puede olvidar todo?

~Pues no sé ~respondió su padre~, debe de ser
que sólo me acuerdo de olvidar.

La corriente de agua arrastrando juguetes pasillo
abajo, el olor a chamusquina que venía de la cocina,
el gato Samuel rodeado de abejas y toda la casa
patas arriba hicieron comprender a Olvido que
había llegado la hora de recordar
las cosas importantes y menos importantes.

—¡Está bien, está bien, Papá! —dijo Olvido—.
¡De verdad de la buena que a partir de ahora mismo voy a
olvidarme de todos mis olvidos! ¡De verdad de la buena que
a partir de este momento puedes volver a llamarme María!
—¡Hummmm!, bueno —contestó su padre guiñándole un ojo a
la vez que mojaba un cordón de zapato humeante en la taza
del café.
Y juntos se pusieron a achicar el agua del salón, que a
esas alturas de la mañana ya les llegaba casi a las rodillas.

María Olvido

Primera edición: noviembre de 2013

© 2013 Raquel Díaz Reguera (texto)
© 2013 Evangelina Prieto López (ilustraciones)
© 2013 Thule Ediciones, SL
Alcalá de Guadaira 26, bajos 08020 Barcelona

Director de colección: José Díaz
Directora de arte: Jennifer Carná

EAN: 978-84-15357-36-0
D. L.: B-17602-2013

Impreso por Phoenix Offset, Hong Kong, China

www.thuleediciones.com

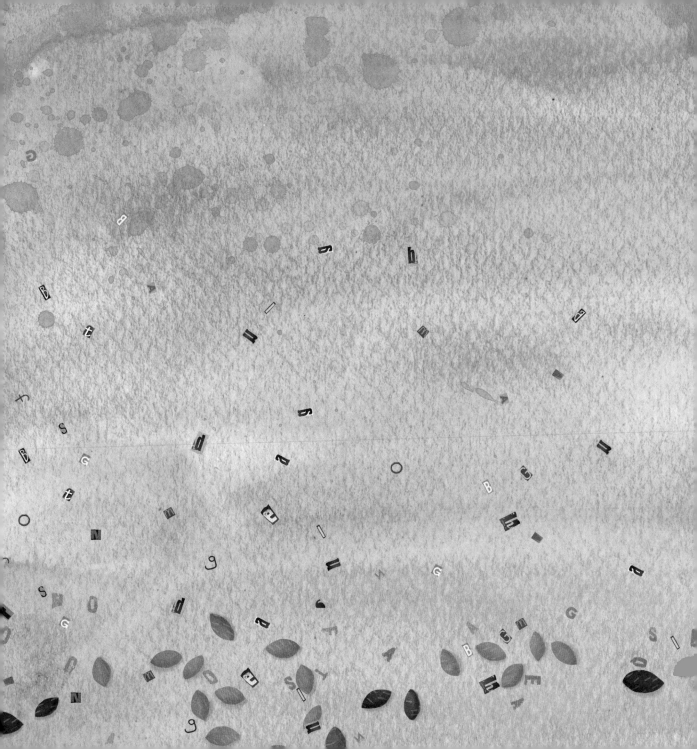